新華截句選

卡夫　主編

截句

● 詩意的濃縮，文字的修身

4 行詩

是詩

的瞬間，

人生的──

一眸

是我們

進入

詩人　詩想空間

的一個入口

【截句詩系第二輯總序】
「截句」

李瑞騰

　　上世紀的八十年代之初，我曾經寫過一本《水晶簾捲——絕句精華賞析》，挑選的絕句有七十餘首，注釋加賞析，前面並有一篇導言〈四行的內心世界〉，談絕句的基本構成：形象性、音樂性、意象性；論其四行的內心世界：感性的美之觀照、知性的批評行為。

　　三十餘年後，讀著臺灣詩學季刊社力推的「截句」，不免想起昔日閱讀和注析絕句的往事；重讀那篇導言，覺得二者在詩藝內涵上實有相通之處。但今之「截句」，非古之「截句」（截律之半），而是用其名的一種現代新文類。

　　探討「截句」作為一種文類的名與實，是很有意思的。首先，就其生成而言，「截句」從一首較長的詩中截取數句，通常是四行以內；後來詩人創作「截句」，寫成四行以內，其表現美學正如古之絕句。這等於說，今之「截句」有二種：一是「截」的，二是創作的。但不管如何，二者的篇幅皆短小，即四行以內，句絕而意不絕。

　　說來也是一件大事，去年臺灣詩學季刊社總共出版了13本個人截句詩集，並有一本新加坡卡夫的《截句選讀》、一本白靈編的《臺灣詩學截句選300首》；今年也將出版23本，有幾本華文地區的截句選，如《新華截句選》、《馬華截句選》、《菲華截句選》、《越華截句選》、《緬華截句選》等，另外有卡夫的《截句選讀二》、香港青年學者余境熹的《截竹為筒作笛吹：截句詩「誤讀」》、白靈又編了《魚跳：2018臉書截句300首》等，截句影響的版圖比前一年又拓展了不少。

　　同時，我們將在今年年底與東吳大學中文系合辦

「現代截句詩學研討會」，深化此一文類。如同古之
絕句，截句語近而情遙，極適合今天的網路新媒體，
我們相信會有更多人投身到這個園地來耕耘。

【主編序】
九種文字風景

卡夫

　　這是新華文學史上第一本截句選。

　　截句，是指四行或四行以內的小詩，可以是新創，也可以是截取舊作，不過每首截句都需要有詩題。

　　為了普及小詩，讓庶民也願意在匆忙的生活中寫詩、讀詩，2017年白靈（1951-）和蕭蕭（1947-）在facebook詩論壇倡議大家來寫截句，獲得許多海內外詩人的支持與參與。台灣詩學季刊社也在同年出版15本截句詩選。

　　在台灣詩學季刊社大力的推動下，其他國家的詩人也開始掀起寫截句的熱潮。為了進一步展現不同國度的截句風采，白靈（1951-）決定邀請不同國家的詩

人編選自己的截句。新華截句選是其中的一本。

　　新華截句選，收9位詩人135首作品，按詩人名字筆劃排列。他們大多是土生土長的新生代詩人，只有極少部分是旅居本地的外國詩人或者是長期旅居外國的本地詩人。

　　潘正鐳（1955-），退休報人，曾獲法國國家文學暨藝術騎士級勳章。他的截句，用字簡樸，卻充滿人生哲理，讓人深思。比如〈仰望〉：

　　　我仰望高峰
　　　沙灘上
　　　走出自己的腳印（頁196）

　　董農政，曾經長期任職報館，現從事堪輿行業。他的截句配上自己的攝影作品，呈現一種魔幻的色彩。比如〈母音〉：

月光下流淌的音符

盡是母親血脈的悸動

還有什麼可以如斯成長

除了那一天子宮的遙遠高音（頁167）

　　無花，新加坡永久居民，活躍於台灣詩壇，詩作曾被收入白靈主編《2017年台灣詩選》（臺北：二魚文化事業有限公司出版，2018年6月）。他從現實生活中提煉出來的截句，充滿令人意想不到的詩意。比如〈字的葬禮〉：

他把最愛的一首詩

掛在靈柩車前

送行者讀作

一朵朵裊裊梵音（頁147）

　　梁鉞（1950-），退休前是新加坡國立教育學院高級講師。他的截句猶如小刀，針砭時弊，拍案叫

絕。比如〈內閣改組〉：

> 絕對是嚴重的病句，卻再次
> 被用來做詞句重組
> 吹來一陣大風，我又聽見
> 你在高燒的語境裡連聲咳嗽（頁133）

陳志銳，現任南洋理工大學國立教育學院亞洲語言文化學部副主任，新加坡華文教研中心院長（研究與發展）。他的截句以新加坡人文景點做書寫對象，帶有濃厚的本地色彩。比如〈組屋盒〉：

> 搬家
> 只是一個盒搬到另外一個
> 都是被儲存的儲存箱
> 都是被釘上門牌的寄物櫃（頁116）

若爾・諾爾，詩選中唯一的女詩人，長期旅居

在外國，擅長寫散文詩，活躍於台灣詩壇。她選擇以
商業品牌和用品寫截句，開拓了截句另一個詩想的空
間。比如〈英特爾〉：

> 你知道我在裡面
> 但你不知道我是內奸
> 也看不到我用什麼武器
> 坦蕩地侵佔你的人生（頁94）

周德成，2014年新加坡文學獎得主，劍橋大學亞
洲與中東學系博士生。他的截句很重視文字的營造，
韻味無窮。比如〈餐桌〉：

> 盤上的太陽遇刺
> 剛剖開的傷口很整潔
> 一聲不吭忽然流出了蛋黃色的血
> 晨色般湧向牆上的六點半（頁71）

李甹民（1963-），中國復旦大學古代文學博士，現為北京理工大學（珠海）中美國際學院教授。他的截句穿越中國古代詩詞，賦予它們個人的詩想，並重新加以詮釋。比如〈點絳唇〉：

為了撫平往事
魚啊，不停
浮出水面，輕吻
風的皺紋（頁57）

卡夫（1960-），現任教職，活躍於台灣詩壇。他的截句是生命中的一個出口，用以撫平他的哀傷。比如〈痛〉：

點亮一盞燈
眼睛成了驚弓之鳥
槍都上膛了
我不過是想寫一首詩（頁36）

　　九位詩人，呈現的不只是九種文字風景。在這些短小的文字裡藏著的都是他們曾經走過的人生道路，以及他們對生命的反思。也許我們無法一覽全貌，不過卻可能由此進入他們的詩想空間，這就是讀詩的一種樂趣。

　　謝謝您翻開這本詩集，您即將開啟一段奇妙的文字之旅。

目　次

輯二｜李苪民

輯四｜若爾・諾爾

輯五｜陳志銳

輯六│梁鈚

輯七｜無花

輯八｜董農政

輯九 ┃ **潘正鐳**

卡夫

卡夫

卡夫，原名杜文賢，1960年生於新加坡。

前半生是一部小說，後半生似一首詩。

他相信「生命不過是一首詩的長度」。

1.看不見黑暗的眼睛
——陳光誠

夜封閉所有入口，要我

不能走近你

然而，在最黑的深處

一場光的暴動開始了

陳光誠（1971-）

盲人維權律師（入獄：2006-2010，2012年成功出逃）

2.合不上的黑
——李旺陽

黑或不黑，看見或不看見

你的眼睛沒人能合上

鮮血穿過你的黑

你才重被提起

李旺陽（1950-2012）

工人，1989年參與六四民運

（入獄：1989-2000／2001-2011）

（2012年6月6日在醫院「自殺」身亡。）

3.椅子不空
——劉曉波

所有人站了起來

你還是坐不上去

他們搶先入座，要你

相信椅子不存在

劉曉波（1955-2017）

作家，《零八憲章》主要起草人

（入獄：1989-1991／1995-1999／2009-2020）

（2017年7月13日病死獄中）

4.雕像一

要我如何相信

只能仰望你

頭　頂著天空

你就不會說謊

5.雕像二

死了　還要站著
不允許躺下
試試天地的寬窄

6.主義

眼睛都躲在窗下

雙手一推，驚見

所有耳朵豎起來，等

第一聲槍響

7.痛

點亮一盞燈

眼睛成了驚弓之鳥

槍都上膛了

我不過是想寫一首詩

8.僅此一次

在風也過不來的地方
用身體鑿開黑夜

鏤空的影子
正在過濾燒爐前的聲音

9.夢見・詩

迎面來的文字如芒刺

驚醒後　渾身是血

摸摸自己

一半的身體還在夢裡

10.夢見・我

把頭顱割下

伸手就撈起滿肚子屎話

塗鴉了整個孤島

滾動著的天空漸漸亮起來了

11.夢見・夢

敲著我的眼睛

妳，比我更接近我

12.夢見・她

看見她擠了進來

我的詩提早結束

13.兩岸三地
——香港

明明伸手不見五指

還要捉住黑　插進去

直到一陣陣心痛

醒來

14.兩岸三地
——台灣

槍斃妳的聲音

妳在所有眼睛裡　啞了

他們假設著

這世上只有他們一張嘴巴

15.兩岸三地
——中國

文字，揭竿而起後

活活被埋在文字裡
成為精神病院裡語無倫次的
X檔案

李莾民

李萉民

　　李萉民，筆名木子，祖籍廣東豐順，1963年生於新加坡。新加坡國立大學中文系碩士，中國復旦大學古代文學博士。現任北京理工大學（珠海）中美國際學院教授。研究領域為清代詩學、中國古代文化、現代漢語修辭、當代漢語詩。

　　學術專著有《清虞山詩派詩論初探》，文學著作有雜文、短篇小說、詩歌、散文和歌詞評論集8本。業餘亦從事詞曲創作，作品包括多部電視劇主題曲插曲，以及新加坡國慶日主題歌。

1.春蠶到死絲方盡

春天離去的背影

把蠶的目光拉成長長長長一根線

潮濕的相思

從此再也沒有曬乾

2.蠟炬成灰淚始乾

燃燒了一生

我是秋天下游

餘溫未消的，半具

淚的屍體

3.蠟燭有心還惜別

眼淚太熱太多了
把腳，擁抱得疲軟
再也無力支撐，遠行
夢的重量

4.卻話巴山夜雨時

雨夜，如果想起

我們過去

請上墳打掃

我思念的皺紋

5.梅

於是，我把一生寂寞

熱烈盛開

在最黑最冷的

冬季

6.漣漪

一顆石子，不小心
放大了湖的心事

山的倒影，靜靜
收集黃昏微笑的波紋

7.瀑布

多麼轟然的孤獨呵

在跳落懸崖後

才換來

身後的掌聲

8.困

山的苦惱是不知
怎樣和雲對話
只能看著圍坐的雲
不斷調整姿勢

9.漁歌子

多想看清雲呵

魚，在溪邊

照出，一圈一圈

小圓鏡

10.點絳唇

為了撫平往事

魚啊，不停

浮出水面，輕吻

風的皺紋

11.好時光

夕陽每天都問風：

我早上醒來時

真的不比現在更美嗎？

12.月宮春

風
掀開夜的黑衣
讓月亮的手
滑進來

13.月當窗

月光穿過樹的指縫

枝椏用影子

輕叩

李白的窗

14.醉思仙

月色是太白杯中

滿溢出來，太白的

鄉愁

15.玉簟秋

秋夜

在房裡醒來

鑽研

竹席的輾轉反側

周德成

周德成

　　周德成，新加坡人，2014年新加坡文學獎得主，
2009年新加坡金筆獎得主。劍橋大學亞洲與中東學
系博士生，國大中文系碩士，前南大教育學院亞洲文
化系特任講師，研究興趣涵蓋古典文學（詩詞和紅樓
夢）、華語語系文學及漢語文教學等。

　　前新加坡作協理事，編《新華文學》若干期，著
有詩集《你和我的故事》。

1.忌日

當我和你的死亡只有一米　那年我八歲
我聽見漸止的腳步聲

然後我也變成一個死人
是的　死人最沉默

2.緩慢的四月

墓、棺木與沉默太大　眼睛與心太小
在地獄與天堂的縫隙裡　永遠都裝不下
那伺機鑽入清明人群　文雅的淚水與粗暴的愁楚

3.電冰箱

一片一片屍體

都患了骨痛溢血熱症

死亡與活著

雪藏的同樣理由

4.撲火

39度的高燒

地獄的火舌

廣島、長崎和天庭

三顆原子彈錯落投下

5.人是地球表面上的病菌

8寸傷口用8天癒合

一道疤用一輩子記得

人的軌跡用春夏秋冬來繁衍

人的痕跡用一次次天災人禍去洗刷

6.餐桌

盤上的太陽遇刺

剛剖開的傷口很整潔

一聲不吭忽然流出了蛋黃色的血

晨色般湧向牆上的六點半

7.冷冷

荒涼是我表情的佈局

眼裡是一口枯涸的井

開出了一朵虛幻的夢和無方向的路牌

風在吃驚

8.迷惘

偶爾影子流了出來

我關好窗子

睡眠裝滿了整個花瓶

9.青玉案

月光升起來

細長的坐姿如何安靜割開桌子

10.我站在山水畫中的飄渺峰頂狂笑

斜陽沉墜胸口

山摧風搖頭

閒雲點點射耳過

11.無題

血管

有撞球撞擊的聲音在耳邊不停

翻跟斗

摔跟斗

12.腳車

風迎面襲來　左右兵分兩路

暗箭冷冷刺入了骨

挑了鬢角又飛去了眉

我狠狠回敬一鞭眼神

13.生
——一張明信片裡的一座山上的一朵花

當我念出「生」的字音時

一念完我們便開始死亡

接著，鬧哄哄的重生　再安靜死去

14.愛情是一場1911年的革命

逸仙親親，你的小辮子

哪裡去了？

15.鑰匙哪裡去了？

如何吻合

思念過境最完美的形狀

謎底：門匙孔。

—— 若爾・諾爾 ——

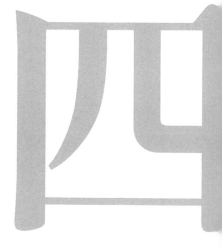

若爾・諾爾

　　若爾・諾爾，企業管理和行銷博士。詩作入選
《網路世代詩人選》；合編《躍場：台灣當代散文詩
詩人選》；近年著作有散文詩集《半空的椅子》、翻
譯詩集《渤海故事集》。曾獲葉紅女性詩獎、港都文
學獎等。

1.魔鬼氈

每一次吻別，必先
把牙齒一根根吮吸到發出巨聲
這還不甘心，馬上又
撕心裂肺的吻過來

2.吉列鋒速

五把刀為你淨身

磨亮光滑的下巴

才釋放唇齒潛在的魅力

殊不知那是笑裡藏刀

3.馬應龍

她低頭看到一片紅海
決定把初夜給他
多年來一直抗拒他的體臭，最終
還是愛上這非馬非龍的傢伙

4.無比膏

不同人在不同時間

欺負妳，證據都烙印在四肢上

妳一臉委屈來找我，要我

白白地疼妳，憐妳

5.波霸奶茶

先在舌間溫柔一遍
才繞入隧道，慢慢蹂躪
大珠，小珠啊！這是
我溺愛妳的方式

6.安眠藥

睡前不數羊

快步踏入夢鄉

把不定期出現的人質

天亮時帶出來

7.避孕藥

把關的主要任務是

狂歡前要記得囚禁

狡點的千軍萬馬

免得肆意傳宗和接代

8.養命酒

欠你一條命

我能還你更多的明天

只要你相信，藥的

童身在我體內

9.老乾媽

別叫我乾媽，我是

大眾情人，人人的寶貝

我滿身熱火，即興配合每一道菜

沒有人會計較這種老練。

10.微軟

不斷換膚，從
一個窗口到另一個
因為我軟，才
更有威力

11.英特爾

你知道我在裡面
但你不知道我是內奸
也看不到我用什麼武器
坦蕩地侵佔你的人生

12.安全組合

一、安全帶

一上車就被綁架
為了達到目的，你甘心
失去自由。每次出門
都要上演這齣戲

二、安全褲

為了心安，妳
把我套在水蜜桃的身上

擋住春光，卻讓我

的祕密外洩──

三、安全套

坦然做一個第三者

跟每一對情侶一起交歡

收集他的精子，不讓她

帶球扣住男人的寶

四、安全帽

空心的半圓屋頂
怕房客的靈魂出竅
套住脆弱的腦袋
勒索恐懼之心

13.耐克

小腳、大腳，巨人
的腳，我都能為他們蓋房子
穿梭大城小鎮
定居或移居，隨你

14.蘋果手機

如果巫婆來到新時代

肯定會喜歡這蘋果

不毒死肉體

只死纏慾望之心

15.谷歌PK百度

快游來谷兄統治的汪洋

一覽天下，不厭倦辨識和澄清

雛形、成形或變化形思維。

自由拿捏深廣，小百豈能媲美？

陳志銳

陳志銳

　　陳志銳副教授曾在東西方求學，獲得臺灣師範大學國文系學士、英國萊斯特大學商業管理碩士、新加坡國立大學英國文學碩士及英國劍橋大學漢學博士。他現任南洋理工大學國立教育學院亞洲語言文化學部副主任，也是新加坡華文教研中心院長（研究與發展）。他也受委國家圖書館華文閱讀委員會主席，教育部、社青體部、藝術理事會、華文報集團的諮詢委員，以及香港大學、新躍社科學大學、南洋理工大學的兼任講師。

　　作為一名學者作家與藝術工作者，陳志銳曾發起
新加坡全國學生文學獎、新加坡詩歌節，並擔任東南
亞文學獎、新加坡文化獎、金筆獎、新加坡年度書籍
獎等評審。他曾獲新加坡文學獎、金筆獎、方修文學
獎、青年藝術家獎、全國傑出青年獎，陳之初美術獎
等，撰寫並主編華文創作、中英文學術論著逾20種。

1.牛車水

再牛

也牛不過

半杯歷史之水

一車時代之薪

2.舊貨

舊貨市場的貨，舊了
市場自己，也久了
連拆除也不必

3.蒙難人民紀念碑

當抗日成為生詞

蒙難即是天方

紀念遲早夜譚

而人民還如何立碑

4.停用火車站

如梗塞
的命脈
或乾涸的
血管

5.土生華人博物館

記憶總是短促

甚至比娘惹糕含在口中的片刻

還要

短促

6.濱海藝術中心之聯想

留戀往返

流連忘返

榴槤忘飯

7.國家圖書館

為歡慶一切的圖書

為制止一切的塗書

為拯救一切的屠書

不惜管

8.圖書志

志在千里的寫作

永遠等待

近在咫尺的閱讀

9.國家博物館

這是年輕國度的好處
和國家一起長大
甚至成為博物館的
文物

10.牌坊

不是為了立碑
是挺直一段歷史

而課本
總在稍息

11.濕巴剎

而現在已經是冷氣超市　連鎖食閣　網上購物　的時代
價格都在標籤上　看板上　網頁上　收銀機中　收據裡
整齊而規矩地排隊
井然而森然

12.組屋盒

搬家

只是一個盒搬到另外一個

都是被儲存的儲存箱

都是被釘上門牌的寄物櫃

13.組屋遊樂場

沒有兒童的遊樂場

彷彿恐龍

有蛋

沒有後代

14.芽籠紅燈區

佛像腳下　回教堂旁

眼色或猥褻或威脅

甚至萎謝

都不必在乎

15.電子收費閘門

蚊子煞有其事對蝙蝠說：

不要飛過那扇大門，

每次經過，我都要

瘦上一圈！

梁鉞

梁鉞

　　梁鉞：本名梁春芳，1950年生於新加坡。南洋大學中文系榮譽學士，新加坡國立大學文學碩士。曾擔任教育部課程規劃與發展司助理司長、國立教育學院高級講師等。1984年出版的第一本詩集《茶如是說》，獲得新加坡書籍發展理事會所頒發的書籍獎。其後出版的詩集有《浮生三變》、《梁越短詩選》、《你的名字》等。此外，另著有論文集《文學的方向與腳印》。作品入選國內外多種文學選集。

1.蟲聲

蟲聲

是大霧裡會哀叫的眼淚

草木無感

痛，令它們紛紛哭出聲

2.群鴉亂飛

研讀當代史猶如

走入黃昏：紅橙黃綠藍靛紫

莫道潮落無聲

天空一開口便群鴉亂飛

3.出埃及

聽見有人高喊著要出埃及

路

都煩躁地弓起了背

只有風鈴才會響應美麗的空話

3.出埃及

聽見有人高喊著要出埃及

路

都煩躁地弓起了背

只有風鈴才會響應美麗的空話

4.水龍吟

我在詩裡種下一把劍
久久也不見它開花

憤而將之拋入水中
頓時泉湧如詩飛起一陣龍吟

5.鳥鳴

突然湧起一陣鳥鳴的悲哀

此生已矣敗壞不堪
問題是——我會有來世嗎？

流水不答嘩啦吐出一堆白沫

6.助動詞

詞性複雜如人性

在你逐漸升溫的詩句中

我定位為一助動詞

突然一聲爆炸我負責點火

7.咖啡店之夜

禁酒時間一到

咖啡店立地成了空酒瓶

天，就聊到這裡

冒泡的夜，已被杯子喝光

8.飛彈早餐

才道了早安，極度不安的報紙
便遽然射出一枚飛彈
殺氣逼人，我們牛油色的話題
立即被炸出咖啡味

9.鳥雀

整個下午，鳥雀一直在樹上
宣示言論自由

翠綠的叫聲
被落日用大筆越描越黑

10.內閣改組

絕對是嚴重的病句，卻再次
被用來做詞句重組

吹來一陣大風，我又聽見
你在高燒的語境裡連聲咳嗽

11.石頭

雨為何總在天黑的時候下？

流水抱著一塊石頭

嚎啕大哭

風雨無心，痛的是石頭

12.江湖不老

慨當以慷，歲月發憤而為詩

有詩，江湖就不老

鳥聲淋濕的三月

硬是從白紙上爬出一片綠油油

13.因為

日子因為沾上香氣
而開出花朵；花朵因為有喜
而結為果實

因為有我，你變成了枯樹

14.涼透

天猶未大亮

夢，從水龍頭裡嘩啦啦流出來

一夜北風

愛與恨，殘骸皆已涼透

15.井

垂下繩索在你的詩句裡

七上八下

竟讀不出一滴水來

請問：你還在井底掙扎嗎？

無花

無花

　　無花，七字輩早產嬰，大馬柔佛州人，新加坡永
久居民。遊居於柔佛州柔佛巴魯與新加坡。詩作散見
於馬新各大報刊，著有詩集《背光》。

1.年

立錐，以點散開
毒蛇尾隨而來
每天堅持脫一層皮
以不同的手勢撲向我們

2.夢想

之一

夢裡你扛起一坨大象

壓在現實的鵝身

一步，飛；一步，沉！

之二

砍下一座山

壓在敗破的影子

騙取唐僧口裡的緊箍咒

3.槍聲沒響的早上

我們在擁擠的汗水中看見

渡口，卻一再錯過

下一趟有風的航班

4.誓言

她從牙縫中抽出兩條菜根

餵食

他領養的四條魚尾紋

5.獨奏

銹蝕的琴弦跑了調
音符從樂譜緩緩掉下
你堅持在我們共編的曲
撕裂地獨唱

6.字的葬禮

他把最愛的一首詩

掛在靈柩車前

送行者讀作

一朵朵裊裊梵音

7.兩難

往有光方向
他們推開出口

撐開傘
抵擋掉下來的強光

8.意外

他撞倒一堆碎字
詩，比他更快站起來

9.晨慾

撕裂的眼縫窺見第一道光
拎起零碎腳步走不出夢境

虛胖的慾，肥贅了現實

10.合照

繳了門票
他誇腿於兩頭象之間

枕頭裡他夢見相框中的人群
笑得很香

11.埃塵

風於火中，燎原之勢
雀鳥側身飛掠一片塵海

火於風中，野草
不能自拔

12.茫

十字路口

沒人撞向繁忙的影子

車頭留下

幾滴黑色的鮮血

13.躁鬱症

他拎起一袋金魚和一包熱粥
傘從雨中走來

只有金魚覺得街道在搖晃

14.文藝版

社會新聞挾持恐怖份子

還在外頭叫囂鉛版象形文字

寫剩最後一頁薄薄歷史

披在流浪漢外宿的半條腿上

15.伏蟄

歲月裂開

在兩排木製老屋之間

躺成一株灌木

腳下的土，眺望你如葉落回歸

董農政

董農政

　　董農政，1977年開始獲得多項全國詩歌創作比賽大獎。曾任南洋商報與聯合晚報副刊編輯，為晚報文藝版《晚風》《文藝》創刊主編。現為中天文化學會顧問、新加坡作協受邀理事、五月詩社會員。編過作協刊物《微型小說季刊》。

　　著作有詩集、攝影詩集、微型小說集及微型與散文合集，編選《跨世紀微型小說選》。現從事堪輿行業，著有近三十部術數叢書。

1.蟬

我心裡沒有別的

只有一隻蟲

單單單的嚷著

離岸船隻

2.剪藥

今天開始服藥
而你偏是那藥
逼我在血淋淋臍帶裡
剪斷要與不要

3.忘果

我是一朵開盡的臥底
被派來揭開一顆臥底了六十年的種子
忘了結果

4.弄光

為了不讓光誤會

黑暗

把光弄光了

卻讓色彩開始瞎想

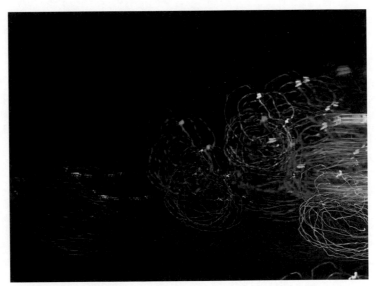

《弄光》鏡繪／董農政

5.慢燒

無限黑暗供養無限絢爛

幾番變幻

你我是否還在隔岸大膽修飭

那首燒了千年也燒不完的聲聲慢

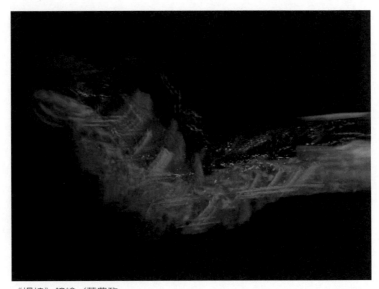

《慢燒》鏡繪／董農政

6.母音

月光下流淌的音符

盡是母親血脈的悸動

還有什麼可以如斯成長

除了那一天子宮的遙遠高音

《母音》鏡繪／董農政

7.清明未雨

有一種思念叫不見
只有撥開又潮濕又荒蕪又落魄的血脈
才能遙遙夢見

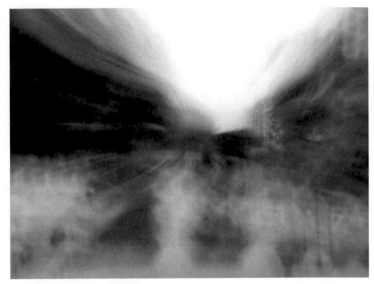

《清明未雨》鏡繪／董農政

8.魔對佛說

我們同樣有一顆滾燙人心

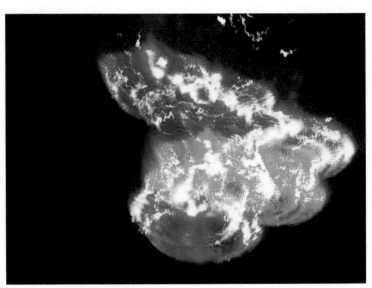

《魔對佛說》鏡繪／董農政

9.詩白

十六歲那年深宵寫給你的一句詩

掉在六十一歲唯一一根掉不下去的白髮上

如一宿星斗

喚不醒一朵雲的莽莽白

《詩白》鏡繪／董農政

10.合理

奔波於城市間的雨幕

極力等待一把鄉間雨傘

讓變幻合理關上

讓病患合理躲閃

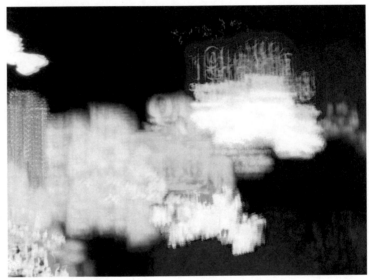

《合理》鏡繪／董農政

11.心雪

雪，要是有了一顆心
就會有一座牽引生死的橋
在兩茫茫的情外
走一天一地的血

《心雪》鏡繪／董農政

12.顛念

念想若不小心顛了倒了
便是落在水中的想念了
如夢裡霞披，披不盡
一路脈脈橫去的青山依依

13.傷盟

樹上開滿紅色櫻花

樹下關掉白色謊話

像不像刻滿一身山盟的白樺

剝下傷痕只能如遠去昏鴉呱呱呱呱

14.祭圓月

願我的哀傷遇不到你的神傷

願你的滄桑卯不到我的枯桑

圓月呀雲飛若詠觴

入腸盡是不歸的蹌蹌蹌

15.送別

你刻意在髮梢噴上茉莉香水
想要掩蓋切斷眷戀的傷悲味道
我卻沒有能力在鬢角別一朵白薔薇
粉飾一個朝代的揮別色彩

潘正鐳

潘正鐳

　　潘正鐳，1955年生於新加坡，曾任《新明日報》總編輯、《聯合早報》副刊主任、《早報星期天》主編。獲法國國家文學暨藝術騎士級勳章。

　　已出版的作品有詩集《告訴陽光》、《赤道走索》、《再生樹》、《天微明時我是詩人》、《天毯》、《@62》及文集《不著地族》、《交替時刻》、《天行心要──陳瑞獻的藝蹤見證》等。

1.赤道走索

手握平衡杆

赤道上，西朝的身體

不斷回望

日落前走回太陽升起的方向

2.飄夢

飛越科爾沁旗大草原
帶著離不開海的浪花

3.雪舍

夢裡山竹

含大雪

4.自由魚

一尾魚

嘴周邊

凹凸的牙齒

一條拉鍊

5.祝福

海鷗飛去時
大海說：
讓我為你的翅膀
別上一朵浪花

6.峇厘木雕匠

削走寂寞

剔來活生

天天心裡

有魚遊過

7.錫金湖

風明白

不歌唱

也是施捨

8.記憶

一盞燈

醒來時熄滅

鷺鷥飛越水澤

一羽為志

9.睡與醒

不睡

不要醒來

10.分手

陽光車站

風雨機場

總與自己

見面分手

11.仰望

我仰望高峰

沙灘上

走出自己的腳印

12.盲

睜大大眼

社會，看不到

盲者

眼角的枯淚

13.薪火

辭淵裡飛出螢火蟲

14.塵雨

雨串珠

給雨發個簡訊吧

草草草草

雛鳥向母

15.獅島

浪雕島嶼

胡姬

歌舞我詩心的

黎明

語言文學類　截句詩系27　PG2160

新華截句選

主　　編/卡　夫
責任編輯/鄭夏華
圖文排版/周妤靜
封面原創設計/許水富
封面設計/蔡瑋筠

發　行　人/宋政坤
法律顧問/毛國樑　律師
出版發行/秀威資訊科技股份有限公司
　　　　　114台北市內湖區瑞光路76巷65號1樓
　　　　　電話：+886-2-2796-3638　傳真：+886-2-2796-1377
　　　　　http://www.showwe.com.tw
劃撥帳號/19563868　戶名：秀威資訊科技股份有限公司
　　　　　讀者服務信箱：service@showwe.com.tw
展售門市/國家書店（松江門市）
　　　　　104台北市中山區松江路209號1樓
　　　　　電話：+886-2-2518-0207　傳真：+886-2-2518-0778
網路訂購/秀威網路書店：https://store.showwe.tw
　　　　　國家網路書店：https://www.govbooks.com.tw

2018年12月　BOD一版
定價：310元
版權所有　翻印必究
本書如有缺頁、破損或裝訂錯誤，請寄回更換

國家圖書館出版品預行編目

新華截句選 / 卡夫主編. -- 一版. -- 臺北市：
秀威資訊科技, 2018.12
　　面；　公分. -- (語言文學類 ; PG2160)
(截句詩系 ; 27)
　　BOD版
　　ISBN 978-986-326-644-0(平裝)

851.486　　　　　　　　　107020995

讀者回函卡

感謝您購買本書，為提升服務品質，請填妥以下資料，將讀者回函卡直接寄回或傳真本公司，收到您的寶貴意見後，我們會收藏記錄及檢討，謝謝！如您需要了解本公司最新出版書目、購書優惠或企劃活動，歡迎您上網查詢或下載相關資料：http:// www.showwe.com.tw

您購買的書名：＿＿＿＿＿＿＿＿＿＿＿＿＿＿＿＿＿＿＿＿＿

出生日期：＿＿＿＿＿年＿＿＿＿＿月＿＿＿＿＿日

學歷：□高中 (含) 以下　　□大專　　□研究所 (含) 以上

職業：□製造業　□金融業　□資訊業　□軍警　□傳播業　□自由業
　　　□服務業　□公務員　□教職　　□學生　□家管　　□其它＿＿＿

購書地點：□網路書店　□實體書店　□書展　□郵購　□贈閱　□其他

您從何得知本書的消息？

　□網路書店　□實體書店　□網路搜尋　□電子報　□書訊　□雜誌

　□傳播媒體　□親友推薦　□網站推薦　□部落格　□其他＿＿＿＿＿

您對本書的評價：(請填代號　1.非常滿意　2.滿意　3.尚可　4.再改進)

　封面設計＿＿＿　版面編排＿＿＿　內容＿＿＿　文／譯筆＿＿＿　價格＿＿＿

讀完書後您覺得：

　□很有收穫　□有收穫　□收穫不多　□沒收穫

對我們的建議：＿＿＿＿＿＿＿＿＿＿＿＿＿＿＿＿＿＿＿＿＿

＿＿＿＿＿＿＿＿＿＿＿＿＿＿＿＿＿＿＿＿＿＿＿＿＿＿＿＿＿

＿＿＿＿＿＿＿＿＿＿＿＿＿＿＿＿＿＿＿＿＿＿＿＿＿＿＿＿＿

＿＿＿＿＿＿＿＿＿＿＿＿＿＿＿＿＿＿＿＿＿＿＿＿＿＿＿＿＿

11466
台北市內湖區瑞光路 76 巷 65 號 1 樓
秀威資訊科技股份有限公司 收
BOD 數位出版事業部

....

（請沿線對折寄回，謝謝！）

姓　　名：＿＿＿＿＿＿＿＿＿　年齡：＿＿＿＿　性別：□女　□男

郵遞區號：□□□□□

地　　址：＿＿＿＿＿＿＿＿＿＿＿＿＿＿＿＿＿＿＿＿

聯絡電話：(日)＿＿＿＿＿＿＿＿＿　(夜)＿＿＿＿＿＿＿＿＿

E-mail：＿＿＿＿＿＿＿＿＿＿＿＿＿＿＿＿＿＿＿